»Leben, Geduld haben, arbeiten und keinen Anlaß zur Freude versäumen.« Der Dichter Rainer Maria Rilke war 30 Jahre alt, als er diesen Satz niederschrieb; er ist seine Lebensmaxime geblieben. Geduld, Arbeit, vor allem und zunehmend aber die Fähigkeit zur Freude haben sein Leben bestimmt, wie sie Voraussetzungen einer Dichtung wurden, deren genaues Erkennen und Benennen, deren klares Rühmen zu den das 20. Jahrhundert überdauernden Leistungen gehören – einer Dichtung, die in den *Duineser Elegien* und in den *Sonetten an Orpheus* ihre Erfüllung fand.

Aus Rilkes Dichtung und seinen Lebensäußerungen können wir jene Ermutigung zur Achtsamkeit – und damit zum Einander-Verstehen – gewinnen, derer unsere schnelllebige Zeit so sehr bedarf.

Rainer Maria Rilke wurde am 4. Dezember 1875 in Prag geboren und studierte Literatur, Kunstgeschichte und Philosophie in Prag, München und Berlin. Er starb am 29. Dezember 1926 im Sanatorium Valmont bei Montreux in der Schweiz an Leukämie.

Rainer Maria Rilke

LEBEN UND KEINEN ANLASS ZUR FREUDE VERSÄUMEN

Ausgewählt von Vera Hauschild

Insel Verlag

Diese Textauswahl ist erstmals 1998 unter dem Titel
Rilke für Gestreßte (it 2191) erschienen.

Erste Auflage 2025

Textnachweise am Schluss des Bandes
Umschlaggestaltung: Burkhard Neie, Berlin
Umschlagillustration: Burkhard Neie, Berlin
Satz: Satz-Offizin Hümmer GmbH, Waldbüttelbrunn
Druck: CPI books GmbH, Leck
Printed in Germany
ISBN 978-3-458-64527-6

Insel Verlag Anton Kippenberg GmbH & Co. KG
Torstraße 44, 10119 Berlin
info@insel-verlag.de
www.insel-verlag.de

»Leben, Geduld haben, arbeiten und keinen Anlaß zur Freude versäumen.«

An Arthur Holitscher, 13. Dezember 1905

LEBEN

Tage gehen hin und manchmal höre ich das Leben gehen. Und noch ist nichts geschehn, noch ist nichts Wirkliches um mich; und ich teile mich immer wieder und fließe auseinander, – und möchte doch so gerne in *einem* Bette gehen und groß werden. Denn, nichtwahr Lou, es soll so sein; wir sollen wie ein Strom sein und nicht in Kanäle treten und Wasser zu den Weiden führen? Nichtwahr, wir sollen uns zusammenhalten und rauschen? Vielleicht dürfen wir, wenn wir sehr alt werden, einmal, ganz zum Schluß, nachgeben, uns ausbreiten, und in einem Delta münden . . . .

An Lou Andreas-Salomé, 8. August 1903

Du mußt das Leben nicht verstehen,
dann wird es werden wie ein Fest.
Und laß dir jeden Tag geschehen
so wie ein Kind im Weitergehen
von jedem Wehen
sich viele Blüten schenken läßt.

Sie aufzusammeln und zu sparen,
das kommt dem Kind nicht in den Sinn.
Es löst sie leise aus den Haaren,
drin sie so gern gefangen waren,
und hält den lieben jungen Jahren
nach neuen seine Hände hin.

1898

Das ist mein Streit:
Sehnsuchtgeweiht
durch alle Tage schweifen.
Dann, stark und breit,
mit tausend Wurzelstreifen
tief in das Leben greifen –
und durch das Leid
weit aus dem Leben reifen,
weit aus der Zeit!

1897

Träume, die in deinen Tiefen wallen,
aus dem Dunkel laß sie alle los.
Wie Fontänen sind sie, und sie fallen
lichter und in Liederintervallen
ihren Schalen wieder in den Schoß.

Und ich weiß jetzt: wie die Kinder werde.
Alle Angst ist nur ein Anbeginn;
aber ohne Ende ist die Erde,
und das Bangen ist nur die Gebärde,
und die Sehnsucht ist ihr Sinn –

1898

KINDHEIT

Es wäre gut viel nachzudenken, um
von so Verlornem etwas auszusagen,
von jenen langen Kindheit-Nachmittagen,
die so nie wiederkamen – und warum?

Noch mahnt es uns –: vielleicht in einem Regnen,
aber wir wissen nicht mehr was das soll;
nie wieder war das Leben von Begegnen,
von Wiedersehn und Weitergehn so voll

wie damals, da uns nichts geschah als nur
was einem Ding geschieht und einem Tiere:
da lebten wir, wie Menschliches, das Ihre
und wurden bis zum Rande voll Figur.

Und wurden so vereinsamt wie ein Hirt
und so mit großen Fernen überladen
und wie von weit berufen und berührt
und langsam wie ein langer neuer Faden
in jene Bilder-Folgen eingeführt,
in welchen nun zu dauern uns verwirrt.

1906

Ich liebe meines Wesens Dunkelstunden,
in welchen meine Sinne sich vertiefen;
in ihnen hab ich, wie in alten Briefen,
mein täglich Leben schon gelebt gefunden
und wie Legende weit und überwunden.

Aus ihnen kommt mir Wissen, daß ich Raum
zu einem zweiten zeitlos breiten Leben habe.
Und manchmal bin ich wie der Baum,
der, reif und rauschend, über einem Grabe
den Traum erfüllt, den der vergangne Knabe
(um den sich seine warmen Wurzeln drängen)
verlor in Traurigkeiten und Gesängen.

1899

DER AUSZUG
DES VERLORENEN SOHNES

Nun fortzugehn von alledem Verworrnen,
das unser ist und uns doch nicht gehört,
das, wie das Wasser in den alten Bornen,
uns zitternd spiegelt und das Bild zerstört;
von allem diesen, das sich wie mit Dornen
noch einmal an uns anhängt – fortzugehn
und Das und Den,
die man schon nicht mehr sah
(so täglich waren sie und so gewöhnlich),
auf einmal anzuschauen: sanft, versöhnlich
und wie an einem Anfang und von nah;
und ahnend einzusehn, wie unpersönlich,
wie über alle hin das Leid geschah,
von dem die Kindheit voll war bis zum Rand –:
Und dann doch fortzugehen, Hand aus Hand,
als ob man ein Geheiltes neu zerrisse,
und fortzugehn: wohin? Ins Ungewisse,
weit in ein unverwandtes warmes Land,
das hinter allem Handeln wie Kulisse
gleichgültig sein wird: Garten oder Wand;
und fortzugehn: warum? Aus Drang, aus Artung,
aus Ungeduld, aus dunkler Erwartung,
aus Unverständlichkeit und Unverstand:

Dies alles auf sich nehmen und vergebens
vielleicht Gehaltnes fallen lassen, um
allein zu sterben, wissend nicht warum –

Ist das der Eingang eines neuen Lebens?

1906

Leise

Weißt Du: Was das Leben wirklich ist,
mißt
nicht nach Jahren.
Du kannst es erfahren
in *einer* Nacht.
Gieb Acht:
Du kannst es erwerben
zwischen zwei Sonnen
mit allen Wonnen –
und hernach
in deinem Gemach
jahrelang sterben,
– –
was tuts? –
– –

heiß

Wenn Dir nur *einmal* der göttergewollte
goldene Wagen
rasend durchrollte
die Bahnen des Bluts!
Wenn er Dir auch am Ziele
zerschellt.
In diesem Spiele
mußt Du die Welt vergeuden,
in alle Freuden
Feuer schleudern

zugleich.
Reich
mußt Du sein – –
Wie der Wein
mußt Du werden,
mußt einmal reifen
und Gott ergreifen
in Ungeduldenen
und in den Mulden
der schöneren Schalen
Dich breiten!
Dann wird einer der Lebenden
Dich heben ins Blinken
und mit bebenden
Lippen Dich trinken
auf einen Zug . . . .

Aus: Die weiße Fürstin, 1904

DER GEFANGENE

Denk dir, das was jetzt Himmel ist und Wind,
Luft deinem Mund und deinem Auge Helle,
das würde Stein bis um die kleine Stelle
an der dein Herz und deine Hände sind.

Und was jetzt in dir morgen heißt und: dann
und: späterhin und nächstes Jahr und weiter –
das würde wund in dir und voller Eiter
und schwäre nur und bräche nicht mehr an.

Und das was war, das wäre irre und
raste in dir herum, den lieben Mund
der niemals lachte, schäumend von Gelächter.

Und das was Gott war, wäre nur dein Wächter
und stopfte boshaft in das letzte Loch
ein schmutziges Auge. Und du lebtest doch.

1906

MENSCHEN BEI NACHT

Die Nächte sind nicht für die Menge gemacht.
Von deinem Nachbar trennt dich die Nacht,
und du sollst ihn nicht suchen trotzdem.
Und machst du nachts deine Stube licht,
um Menschen zu schauen ins Angesicht,
so mußt du bedenken: wem.

Die Menschen sind furchtbar vom Licht entstellt,
das von ihren Gesichtern träuft,
und haben sie nachts sich zusammengesellt,
so schaust du eine wankende Welt
durcheinandergehäuft.
Auf ihren Stirnen hat gelber Schein
alle Gedanken verdrängt,
in ihren Blicken flackert der Wein,
an ihren Händen hängt
die schwere Gebärde, mit der sie sich
bei ihren Gesprächen verstehn;
und dabei sagen sie: *Ich* und *Ich*
und meinen: Irgendwen.

1899

NÄCHTLICHER GANG

Nichts ist vergleichbar. Denn was ist nicht ganz
mit sich allein und was je auszusagen;
wir nennen nichts, wir dürfen nur ertragen
und uns verständigen, daß da ein Glanz
und dort ein Blick vielleicht uns so gestreift
als wäre grade *das* darin gelebt
was unser Leben ist. Wer widerstrebt
dem wird nicht Welt. Und wer zuviel begreift
dem geht das Ewige vorbei. Zuweilen
in solchen großen Nächten sind wir wie
außer Gefahr, in gleichen leichten Teilen
den Sternen ausgeteilt. Wie drängen sie.

1908

ARCHAÏSCHER TORSO APOLLOS

Wir kannten nicht sein unerhörtes Haupt,
darin die Augenäpfel reiften. Aber
sein Torso glüht noch wie ein Kandelaber,
in dem sein Schauen, nur zurückgeschraubt,

sich hält und glänzt. Sonst könnte nicht der Bug
der Brust dich blenden, und im leisen Drehen
der Lenden könnte nicht ein Lächeln gehen
zu jener Mitte, die die Zeugung trug.

Sonst stünde dieser Stein entstellt und kurz
unter der Schultern durchsichtigem Sturz
und flimmerte nicht so wie Raubtierfelle;

und bräche nicht aus allen seinen Rändern
aus wie ein Stern: denn da ist keine Stelle,
die dich nicht sieht. Du mußt dein Leben ändern.

1908

Indem das Leben nimmt und giebt und nimmt
entstehen wir aus Geben und aus Nehmen:
ein Schwankendes, sich Wandelndes, ein Schemen
und doch in unserer Seele so bestimmt

hindurchzugehn durch dieses Sich-verschieben
unangezweifelt, aufrecht, unbeirrt
von Tag zu Nacht, von Nacht zu Tag getrieben,
aus denen unaufhaltsam Leben wird

von unserm Leben, Blut von unserm Blut,
Lust von der unsern, Leid das wir erkennen,
von dem wir uns auf einmal wieder trennen
weil unsre Seele, einsam, schon geruht

vorauszugehn . . .

1906

TODES-ERFAHRUNG

Wir wissen nichts von diesem Hingehn, das
nicht mit uns teilt. Wir haben keinen Grund,
Bewunderung und Liebe oder Haß
dem Tod zu zeigen, den ein Maskenmund

tragischer Klage wunderlich entstellt.
Noch ist die Welt voll Rollen, die wir spielen.
Solang wir sorgen, ob wir auch gefielen,
spielt auch der Tod, obwohl er nicht gefällt.

Doch als du gingst, da brach in diese Bühne
ein Streifen Wirklichkeit durch jenen Spalt
durch den du hingingst: Grün wirklicher Grüne,
wirklicher Sonnenschein, wirklicher Wald.

Wir spielen weiter. Bang und schwer Erlerntes
hersagend und Gebärden dann und wann
aufhebend; aber dein von uns entferntes,
aus unserm Stück entrücktes Dasein kann

uns manchmal überkommen, wie ein Wissen
von jener Wirklichkeit sich niedersenkend,
so daß wir eine Weile hingerissen
das Leben spielen, nicht an Beifall denkend.

1907

DIE NEUNTE ELEGIE

Warum, wenn es angeht, also die Frist des Daseins
hinzubringen, als Lorbeer, ein wenig dunkler als alles
andere Grün, mit kleinen Wellen an jedem
Blattrand (wie eines Windes Lächeln) –: warum dann
Menschliches müssen – und, Schicksal vermeidend,
sich sehnen nach Schicksal? . . .

Oh, *nicht*, weil Glück *ist*,
dieser voreilige Vorteil eines nahen Verlusts.
Nicht aus Neugier, oder zur Übung des Herzens,
das auch im Lorbeer *wäre*. . . . .

Aber weil Hiersein viel ist, und weil uns scheinbar
alles das Hiesige braucht, dieses Schwindende, das
seltsam uns angeht. Uns, die Schwindendsten. *Ein* Mal
jedes, nur *ein* Mal. *Ein* Mal und nichtmehr. Und wir auch
ein Mal. Nie wieder. Aber dieses
ein Mal gewesen zu sein, wenn auch nur *ein* Mal:
irdisch gewesen zu sein, scheint nicht widerrufbar.

Und so drängen wir uns und wollen es leisten,
wollens enthalten in unsern einfachen Händen,
im überfüllteren Blick und im sprachlosen Herzen.
Wollen es werden. – Wem es geben? Am liebsten
alles behalten für immer . . . Ach, in den andern Bezug,
wehe, was nimmt man hinüber? Nicht das Anschaun, das hier
langsam erlernte, und kein hier Ereignetes. Keins.

Also die Schmerzen. Also vor allem das Schwersein,
also der Liebe lange Erfahrung, – also
lauter Unsägliches. Aber später,
unter den Sternen, was solls: *die* sind *besser* unsäglich.
Bringt doch der Wanderer auch vom Hange des Bergrands
nicht eine Hand voll Erde ins Tal, die Allen unsägliche,
sondern
ein erworbenes Wort, reines, den gelben und blaun
Enzian. Sind wir vielleicht *hier*, um zu sagen: Haus,
Brücke, Brunnen, Tor, Krug, Obstbaum, Fenster, –
höchstens: Säule, Turm . . . . aber zu *sagen*, verstehs,
oh zu sagen *so*, wie selber die Dinge niemals
innig meinten zu sein. Ist nicht die heimliche List
dieser verschwiegenen Erde, wenn sie die Liebenden drängt,
daß sich in ihrem Gefühl jedes und jedes entzückt?
Schwelle: was ists für zwei
Liebende, daß sie die eigne ältere Schwelle der Tür
ein wenig verbrauchen, auch sie, nach den vielen vorher
und vor den Künftigen . . . . , leicht.

Hier ist des *Säglichen* Zeit, *hier* seine Heimat.
Sprich und bekenn. Mehr als je
fallen die Dinge dahin, die erlebbaren, denn,
was sie verdrängend ersetzt, ist ein Tun ohne Bild.
Tun unter Krusten, die willig zerspringen, sobald
innen das Handeln entwächst und sich anders begrenzt.
Zwischen den Hämmern besteht
unser Herz, wie die Zunge
zwischen den Zähnen, die doch,
dennoch, die preisende bleibt.

Preise dem Engel die Welt, nicht die unsägliche, *ihm*
kannst du nicht großtun mit herrlich Erfühltem; im Weltall,
wo er fühlender fühlt, bist du ein Neuling. Drum zeig
ihm das Einfache, das, von Geschlecht zu Geschlechtern
gestaltet,
als ein Unsriges lebt, neben der Hand und im Blick.
Sag ihm die Dinge. Er wird staunender stehn; wie du standest
bei dem Seiler in Rom, oder beim Töpfer am Nil.
Zeig ihm, wie glücklich ein Ding sein kann, wie schuldlos
und unser,
wie selbst das klagende Leid rein zur Gestalt sich entschließt,
dient als ein Ding, oder stirbt in ein Ding –, und jenseits
selig der Geige entgeht. – Und diese, von Hingang
lebenden Dinge verstehn, daß du sie rühmst; vergänglich,
traun sie ein Rettendes uns, den Vergänglichsten, zu.
Wollen, wir sollen sie ganz im unsichtbarn Herzen
verwandeln
in – o unendlich – in uns! Wer wir am Ende auch seien.

Erde, ist es nicht dies, was du willst: *unsichtbar*
in uns erstehn? – Ist es dein Traum nicht,
einmal unsichtbar zu sein? – Erde! unsichtbar!
Was, wenn Verwandlung nicht, ist dein drängender Auftrag?
Erde, du liebe, ich will. Oh glaub, es bedürfte
nicht deiner Frühlinge mehr, mich dir zu gewinnen –, *einer*,
ach, ein einziger ist schon dem Blute zu viel.
Namenlos bin ich zu dir entschlossen, von
weit her.
Immer warst du im Recht, und dein heiliger Einfall
ist der vertrauliche Tod.

Siehe, ich lebe. *Woraus?* Weder Kindheit noch Zukunft
werden weniger . . . . . Überzähliges Dasein
entspringt mir im Herzen.

1912

O Leben Leben, wunderliche Zeit
von Widerspruch zu Widerspruche reichend
im Gange oft so schlecht so schwer so schleichend
und dann auf einmal, mit unsäglich weit
entspannten Flügeln, einem Engel gleichend:
O unerklärlichste, o Lebenszeit.

Von allen großgewagten Existenzen
kann eine glühender und kühner sein?
Wir stehn und stemmen uns an unsre Grenzen
und reißen ein Unkenntliches herein,
. . . .

1913/1914

Wunderliches Wort: die Zeit vertreiben!
Sie zu *halten*, wäre das Problem.
Denn, wen ängstigts nicht: wo ist ein Bleiben,
wo ein endlich *Sein* in alledem? –

Sieh, der Tag verlangsamt sich, entgegen
jenem Raum, der ihn nach Abend nimmt:
Aufstehn wurde Stehn, und Stehn wird Legen,
und das willig Liegende verschwimmt –

Berge ruhn, von Sternen überprächtigt; –
aber auch in ihnen flimmert Zeit.
Ach, in meinem wilden Herzen nächtigt
obdachlos die Unvergänglichkeit.

1920

Wir sind die Treibenden.
Aber den Schritt der Zeit,
nehmt ihn als Kleinigkeit
im immer Bleibenden.

Alles das Eilende
wird schon vorüber sein;
denn das Verweilende
erst weiht uns ein.

Knaben, o werft den Mut
nicht in die Schnelligkeit,
nicht in den Flugversuch.

Alles ist ausgeruht:
Dunkel und Helligkeit,
Blume und Buch.

1922

Mein Leben ging – Herr Jesus.
Sag mir, Herr Jesus, wohin?
Hast du es kommen sehen?
Bin ich in dir drin?
Bin ich in dir, Herr Jesus?

Denk, so kann es vergehn
mit dem täglichen Schalle.
Am Ende leugnen es alle,
keiner hat es gesehn.
War es das meine, Herr Jesus?

War es wirklich das meine,
Herr Jesus, bist du gewiß?
Ist nicht eine wie eine,
wenn nicht irgend ein Biß
eine Schramme zurückläßt, Herr Jesus?

Kann es nicht sein, daß mein
Leben gar nicht dabei ist?
Daß es wo liegt und entzwei ist,
und der Regen regnet hinein
und steht drin und friert drin, Herr Jesus?

1909

HERBST

Die Blätter fallen, fallen wie von weit,
als welkten in den Himmeln ferne Gärten;
sie fallen mit verneinender Gebärde.

Und in den Nächten fällt die schwere Erde
aus allen Sternen in die Einsamkeit.

Wir alle fallen. Diese Hand da fällt.
Und sieh dir andre an: es ist in allen.

Und doch ist Einer, welcher dieses Fallen
unendlich sanft in seinen Händen hält.

1902

SPAZIERGANG

Schon ist mein Blick am Hügel, dem besonnten,
dem Wege, den ich kaum begann, voran.
So faßt uns das, was wir nicht fassen konnten,
voller Erscheinung, aus der Ferne an –

und wandelt uns, auch wenn wirs nicht erreichen,
in jenes, das wir, kaum es ahnend, sind;
ein Zeichen weht, erwidernd unserm Zeichen . . .
Wir aber spüren nur den Gegenwind.

1924

GEDULD HABEN

Ich habe Geduld für Jahrhunderte in mir und will leben als wäre meine Zeit sehr groß. Ich will mich sammeln aus allen Zerstreuungen, und aus den zu schnellen Anwendungen will ich das Meine zurückholen und aufsparen.

An Lou Andreas-Salomé, 8. August 1903

ZUM EINSCHLAFEN ZU SAGEN

Ich möchte jemanden einsingen,
bei jemandem sitzen und sein.
Ich möchte dich wiegen und kleinsingen
und begleiten schlafaus und schlafein.
Ich möchte der Einzige sein im Haus,
der wüßte: die Nacht war kalt.
Und möchte horchen herein und hinaus
in dich, in die Welt, in den Wald.
Die Uhren rufen sich schlagend an,
und man sieht der Zeit auf den Grund.
Und unten geht noch ein fremder Mann
und stört einen fremden Hund.
Dahinter wird Stille. Ich habe groß
die Augen auf dich gelegt;
und sie halten dich sanft und lassen dich los,
wenn ein Ding sich im Dunkel bewegt.

1900

EIN FRÜHLINGSWIND

Mit diesem Wind kommt Schicksal; laß, o laß
es kommen, all das Drängende und Blinde,
von dem wir glühen werden –: alles das.
(Sei still und rühr dich nicht, daß es uns finde.)
O unser Schicksal kommt mit diesem Winde.

Von irgendwo bringt dieser neue Wind,
schwankend vom Tragen namenloser Dinge,
über das Meer her *was wir sind.*

. . . . Wären wirs doch. So wären wir zuhaus.
(Die Himmel stiegen in uns auf und nieder.)
Aber mit diesem Wind geht immer wieder
das Schicksal riesig über uns hinaus.

1907

RÖMISCHE FONTÄNE

Borghese

Zwei Becken, eins das andre übersteigend
aus einem alten runden Marmorrand,
und aus dem oberen Wasser leis sich neigend
zum Wasser, welches unten wartend stand,

dem leise redenden entgegenschweigend
und heimlich, gleichsam in der hohlen Hand,
ihm Himmel hinter Grün und Dunkel zeigend
wie einen unbekannten Gegenstand;

sich selber ruhig in der schönen Schale
verbreitend ohne Heimweh, Kreis aus Kreis,
nur manchmal träumerisch und tropfenweis

sich niederlassend an den Moosbehängen
zum letzten Spiegel, der sein Becken leis
von unten lächeln macht mit Übergängen.

1906

DIE GENESENDE

Wie ein Singen kommt und geht in Gassen
und sich nähert und sich wieder scheut,
flügelschlagend, manchmal fast zu fassen
und dann wieder weit hinausgestreut:

spielt mit der Genesenden das Leben;
während sie, geschwächt und ausgeruht,
unbeholfen, um sich hinzugeben,
eine ungewohnte Geste tut.

Und sie fühlt es beinah wie Verführung,
wenn die hartgewordne Hand, darin
Fieber waren voller Widersinn,
fernher, wie mit blühender Berührung,
zu liebkosen kommt ihr hartes Kinn.

1906

SCHLAFLIED

Einmal, wenn ich dich verlier,
wirst du schlafen können, ohne
daß ich wie eine Lindenkrone
mich verflüstre über dir?

Ohne daß ich hier wache und
Worte, beinah wie Augenlider,
auf deine Brüste, auf deine Glieder
niederlege, auf deinen Mund.

Ohne daß ich dich verschließ
und dich allein mit Deinem lasse
wie einen Garten mit einer Masse
von Melissen und Stern-Anis.

1908

Wir wollen, wenn es wieder Mondnacht wird,
die Traurigkeit zu großer Stadt vergessen
und hingehn und uns an das Gitter pressen,
das uns von dem versagten Garten trennt.

Wer kennt ihn jetzt, der ihn am Tage traf:
mit Kindern, lichten Kleidern, Sommerhüten, –
wer kennt ihn so: allein mit seinen Blüten,
die Teiche offen, liegend ohne Schlaf.

Figuren, welche stumm im Dunkel stehn,
scheinen sich leise aufzurichten,
und steinerner und stiller sind die lichten
Gestalten an dem Eingang der Alleen.

Die Wege liegen gleich entwirrten Strähnen
nebeneinander, ruhig, eines Zieles.
Der Mond ist zu den Wiesen unterwegs;
den Blumen fließt der Duft herab wie Tränen.
Über den heimgefallenen Fontänen
stehn noch die kühlen Spuren ihres Spieles
in nächtiger Luft.

1902

DER PANTHER

Im Jardin des Plantes, Paris

Sein Blick ist vom Vorübergehn der Stäbe
so müd geworden, daß er nichts mehr hält.
Ihm ist, als ob es tausend Stäbe gäbe
und hinter tausend Stäben keine Welt.

Der weiche Gang geschmeidig starker Schritte,
der sich im allerkleinsten Kreise dreht,
ist wie ein Tanz von Kraft um eine Mitte,
in der betäubt ein großer Wille steht.

Nur manchmal schiebt der Vorhang der Pupille
sich lautlos auf –. Dann geht ein Bild hinein,
geht durch der Glieder angespannte Stille –
und hört im Herzen auf zu sein.

1902/1903

DIE ERBLINDENDE

Sie saß so wie die anderen beim Tee.
Mir war zuerst, als ob sie ihre Tasse
ein wenig anders als die andern fasse.
Sie lächelte einmal. Es tat fast weh.

Und als man schließlich sich erhob und sprach
und langsam und wie es der Zufall brachte
durch viele Zimmer ging (man sprach und lachte),
da sah ich sie. Sie ging den andern nach,

verhalten, so wie eine, welche gleich
wird singen müssen und vor vielen Leuten;
auf ihren hellen Augen die sich freuten
war Licht von außen wie auf einem Teich.

Sie folgte langsam und sie brauchte lang
als wäre etwas noch nicht überstiegen;
und doch: als ob, nach einem Übergang,
sie nicht mehr gehen würde, sondern fliegen.

1906

DER TOD DER GELIEBTEN

Er wußte nur vom Tod was alle wissen:
daß er uns nimmt und in das Stumme stößt.
Als aber sie, nicht von ihm fortgerissen,
nein, leis aus seinen Augen ausgelöst,

hinüberglitt zu unbekannten Schatten,
und als er fühlte, daß sie drüben nun
wie einen Mond ihr Mädchenlächeln hatten
und ihre Weise wohlzutun:

da wurden ihm die Toten so bekannt,
als wäre er durch sie mit einem jeden
ganz nah verwandt; er ließ die andern reden

und glaubte nicht und nannte jenes Land
das gutgelegene, das immersüße –
Und tastete es ab für ihre Füße.

1907

ABSCHIED

Wie hab ich das gefühlt was Abschied heißt.
Wie weiß ichs noch: ein dunkles unverwundnes
grausames Etwas, das ein Schönverbundnes
noch einmal zeigt und hinhält und zerreißt.

Wie war ich ohne Wehr, dem zuzuschauen,
das, da es mich, mich rufend, gehen ließ,
zurückblieb, so als wärens alle Frauen
und dennoch klein und weiß und nichts als dies:

Ein Winken, schon nicht mehr auf mich bezogen,
ein leise Weiterwinkendes –, schon kaum
erklärbar mehr: vielleicht ein Pflaumenbaum,
von dem ein Kuckuck hastig abgeflogen.

1906

DIE ACHTE ELEGIE

Rudolf Kassner zugeeignet

Mit allen Augen sieht die Kreatur
das Offene. Nur unsre Augen sind
wie umgekehrt und ganz um sie gestellt
als Fallen, rings um ihren freien Ausgang.
Was draußen *ist,* wir wissens aus des Tiers
Antlitz allein; denn schon das frühe Kind
wenden wir um und zwingens, daß es rückwärts
Gestaltung sehe, nicht das Offne, das
im Tiergesicht so tief ist. Frei von Tod.
Ihn sehen wir allein; das freie Tier
hat seinen Untergang stets hinter sich
und vor sich Gott, und wenn es geht, so gehts
in Ewigkeit, so wie die Brunnen gehen.
Wir haben nie, nicht einen einzigen Tag,
den reinen Raum vor uns, in den die Blumen
unendlich aufgehn. Immer ist es Welt
und niemals Nirgends ohne Nicht: das Reine,
Unüberwachte, das man atmet und
unendlich *weiß* und nicht begehrt. Als Kind
verliert sich eins im Stilln an dies und wird
gerüttelt. Oder jener stirbt und *ists.*
Denn nah am Tod sieht man den Tod nicht mehr
und starrt *hinaus,* vielleicht mit großem Tierblick.
Liebende, wäre nicht der andre, der
die Sicht verstellt, sind nah daran und staunen . . .
Wie aus Versehn ist ihnen aufgetan

hinter dem andern . . . Aber über ihn
kommt keiner fort, und wieder wird ihm Welt.
Der Schöpfung immer zugewendet, sehn
wir nur auf ihr die Spiegelung des Frein,
von uns verdunkelt. Oder daß ein Tier,
ein stummes, aufschaut, ruhig durch uns durch.
Dieses heißt Schicksal: gegenüber sein
und nichts als das und immer gegenüber.

Wäre Bewußtheit unsrer Art in dem
sicheren Tier, das uns entgegenzieht
in anderer Richtung –, riß es uns herum
mit seinem Wandel. Doch sein Sein ist ihm
unendlich, ungefaßt und ohne Blick
auf seinen Zustand, rein, so wie sein Ausblick.
Und wo wir Zukunft sehn, dort sieht es Alles
und sich in Allem und geheilt für immer.

Und doch ist in dem wachsam warmen Tier
Gewicht und Sorge einer großen Schwermut.
Denn ihm auch haftet immer an, was uns
oft überwältigt, – die Erinnerung,
als sei schon einmal das, wonach man drängt,
näher gewesen, treuer und sein Anschluß
unendlich zärtlich. Hier ist alles Abstand,
und dort wars Atem. Nach der ersten Heimat
ist ihm die zweite zwitterig und windig.
O Seligkeit der *kleinen* Kreatur,
die immer *bleibt* im Schoße, der sie austrug;
o Glück der Mücke, die noch *innen* hüpft,

selbst wenn sie Hochzeit hat: denn Schoß ist Alles.
Und sieh die halbe Sicherheit des Vogels,
der beinah beides weiß aus seinem Ursprung,
als wär er eine Seele der Etrusker,
aus einem Toten, den ein Raum empfing,
doch mit der ruhenden Figur als Deckel.
Und wie bestürzt ist eins, das fliegen muß
und stammt aus einem Schoß. Wie vor sich selbst
erschreckt, durchzuckts die Luft, wie wenn ein Sprung
durch eine Tasse geht. So reißt die Spur
der Fledermaus durchs Porzellan des Abends.

Und wir: Zuschauer, immer, überall,
dem allen zugewandt und nie hinaus!
Uns überfüllts. Wir ordnens. Es zerfällt.
Wir ordnens wieder und zerfallen selbst.

Wer hat uns also umgedreht, daß wir,
was wir auch tun, in jener Haltung sind
von einem, welcher fortgeht? Wie er auf
dem letzten Hügel, der ihm ganz sein Tal
noch einmal zeigt, sich wendet, anhält, weilt –,
so leben wir und nehmen immer Abschied.

1922

Manches, was uns verstößt,
tut hinterher,
wenn wir vorüber sind,
ratlos die Arme auf.
Denn es giebt keinen Lauf
zurück. Alles hebt uns hinaus,
und das spät offene Haus
bleibt leer.

1924

Noch ahnst du nichts vom Herbst des Haines,
drin lichte Mädchen lachend gehn;
nur manchmal küßt wie fernes, feines
Erinnern dich der Duft des Weines, –
sie lauschen, und es singt wohl eines
ein wehes Lied vom Wiedersehn.

In leiser Luft die Ranken schwanken,
wie wenn wer Abschied winkt. – Am Pfad
stehn alle Rosen in Gedanken;
sie sehen ihren Sommer kranken,
und seine hellen Hände sanken
leise von seiner reifen Tat.

1897

Es ist noch Tag auf der Terrasse.
Da fühle ich ein neues Freuen:
wenn ich jetzt in den Abend fasse,
ich könnte Gold in jede Gasse
aus meiner Stille niederstreuen.

Ich bin jetzt von der Welt so weit.
Mit ihrem späten Glanz verbräme
ich meine ernste Einsamkeit.

Mir ist, als ob mir irgendwer
jetzt leise meinen Namen nähme,
so zärtlich, daß ich mich nicht schäme
und weiß: ich brauche keinen mehr.

1898

HERBSTTAG

Herr: es ist Zeit. Der Sommer war sehr groß.
Leg deinen Schatten auf die Sonnenuhren,
und auf den Fluren laß die Winde los.

Befiehl den letzten Früchten voll zu sein;
gieb ihnen noch zwei südlichere Tage,
dränge sie zur Vollendung hin und jage
die letzte Süße in den schweren Wein.

Wer jetzt kein Haus hat, baut sich keines mehr.
Wer jetzt allein ist, wird es lange bleiben,
wird wachen, lesen, lange Briefe schreiben
und wird in den Alleen hin und her
unruhig wandern, wenn die Blätter treiben.

1902

ARBEITEN

In einem Gedicht, das mir gelingt, ist viel mehr Wirklichkeit als in jeder Beziehung oder Zuneigung, die ich fühle; wo ich schaffe bin ich wahr und ich möchte die Kraft finden, mein Leben ganz auf diese Wahrheit zu gründen, auf diese unendliche Einfachheit und Freude, die mir manchmal gegeben ist. Schon als ich zu Rodin ging suchte ich das; denn ahnungsvoll wußte ich seit Jahren von seines Werkes unendlichem Beispiel und Vorbild. Nun, da ich von ihm kam, weiß ich, daß auch ich keine anderen Verwirklichungen verlangen und suchen dürfte, als die meines Werkes; dort ist mein Haus, dort sind die Gestalten, die mir wirklich nahe sind, dort sind die Frauen, die ich brauche und die Kinder, die aufwachsen und lange leben werden. Aber wie soll ich es anfangen, diesen Weg zu gehen, – wo ist das Handwerk meiner Kunst, ihre tiefste und geringste Stelle, an der ich beginnen dürfte tüchtig zu sein?

An Lou Andreas-Salomé, 8. August 1903

Wie war dein Leben kurz, wenn du's vergleichst
mit jenen Stunden, da du saßest und
die vielen Kräfte deiner vielen Zukunft
schweigend herabbogst zu dem neuen Kindkeim,
der wieder Schicksal war. O wehe Arbeit.
O Arbeit über alle Kraft. Du tatest
sie Tag für Tag, du schlepptest dich zu ihr
und zogst den schönen Einschlag aus dem Webstuhl
und brauchtest alle deine Fäden anders.
Und endlich hattest du noch Mut zum Fest. [. . .]

Die Frauen leiden: lieben heißt allein sein,
und Künstler ahnen manchmal in der Arbeit,
daß sie verwandeln müssen, wo sie lieben.
Beides begannst du; beides ist in Dem,
was jetzt ein Ruhm entstellt, der es dir fortnimmt.
Ach du warst weit von jedem Ruhm. Du warst
unscheinbar; hattest leise deine Schönheit
hineingenommen, wie man eine Fahne
einzieht am grauen Morgen eines Werktags,
und wolltest nichts, als eine lange Arbeit, –
die nicht getan ist: dennoch nicht getan.

Wenn du noch da bist, wenn in diesem Dunkel
noch eine Stelle ist, an der dein Geist
empfindlich mitschwingt auf den flachen Schallwelln,
die eine Stimme, einsam in der Nacht,

aufregt in eines hohen Zimmers Strömung:
So hör mich: Hilf mir. Sieh, wir gleiten so,
nicht wissend wann, zurück aus unserm Fortschritt
in irgendwas, was wir nicht meinen; drin
wir uns verfangen wie in einem Traum
und drin wir sterben, ohne zu erwachen.
Keiner ist weiter. Jedem, der sein Blut
hinaufhob in ein Werk, das lange wird,
kann es geschehen, daß ers nicht mehr hochhält
und daß es geht nach seiner Schwere, wertlos.
Denn irgendwo ist eine alte Feindschaft
zwischen dem Leben und der großen Arbeit.
Daß ich sie einseh und sie sage: hilf mir.

Aus: Requiem. Für eine Freundin, 1908

DER KÖNIG

Der König ist sechzehn Jahre alt.
Sechzehn Jahre und schon der Staat.
Er schaut, wie aus einem Hinterhalt,
vorbei an den Greisen vom Rat

in den Saal hinein und irgendwohin
und fühlt vielleicht nur dies:
an dem schmalen langen harten Kinn
die kalte Kette vom Vlies.

Das Todesurteil vor ihm bleibt
lang ohne Namenszug.
Und sie denken: wie er sich quält.

Sie wüßten, kennten sie ihn genug,
daß er nur langsam bis siebzig zählt
eh er es unterschreibt.

1906

ABENDMAHL

Ewiges will zu uns. Wer hat die Wahl
und trennt die großen und geringen Kräfte?
Erkennst du durch das Dämmern der Geschäfte
im klaren Hinterraum das Abendmahl:

wie sie sichs halten und wie sie sichs reichen
und in der Handlung schlicht und schwer beruhn.
Aus ihren Händen heben sich die Zeichen;
sie wissen nicht, daß sie sie tun

und immer neu mit irgendwelchen Worten
einsetzen, was man trinkt und was man teilt.
Denn da ist keiner, der nicht allerorten
heimlich von hinnen geht, indem er weilt.

Und sitzt nicht immer einer unter ihnen,
der seine Eltern, die ihm ängstlich dienen,
wegschenkt an ihre abgetane Zeit?
(Sie zu verkaufen, ist ihm schon zu weit.)

1908

Ein rarbegangner Pfad, der zwischen Stellen Heide
den Jungwald aufwärts führt zur Hügelschau.
Hier ist kein Ruhm darinnen, daß man leide,
die Blicke gehn, es reicht die Augenweide
und nie sein Nichtsein fürchtend trocknet Tau.
Die starke Stille schwingender Insekten
macht um dein Dasein keinen Unterschied.
Wo sind die Forderungen die dich schreckten?
Dein Herz versammelt sich im Unentdeckten
und in der Zukunft liegt das Lied.

1910

DIE ZEHNTE ELEGIE

Daß ich dereinst, an dem Ausgang der grimmigen Einsicht,
Jubel und Ruhm aufsinge zustimmenden Engeln.
Daß von den klar geschlagenen Hämmern des Herzens
keiner versage an weichen, zweifelnden oder
reißenden Saiten. Daß mich mein strömendes Antlitz
glänzender mache; daß das unscheinbare Weinen
blühe. O wie werdet ihr dann, Nächte, mir lieb sein,
gehärmte. Daß ich euch knieender nicht, untröstliche
Schwestern,
hinnahm, nicht in euer gelöstes
Haar mich gelöster ergab. Wir, Vergeuder der Schmerzen.
Wie wir sie absehn voraus, in die traurige Dauer,
ob sie nicht enden vielleicht. Sie aber sind ja
unser winterwähriges Laub, unser dunkeles Sinngrün,
eine der Zeiten des heimlichen Jahres –, nicht nur
Zeit –, sind Stelle, Siedelung, Lager, Boden, Wohnort.

Freilich, wehe, wie fremd sind die Gassen der Leid-Stadt,
wo in der falschen, aus Übertönung gemachten
Stille, stark, aus der Gußform des Leeren der Ausguß
prahlt: der vergoldete Lärm, das platzende Denkmal.
O, wie spurlos zerträte ein Engel ihnen den Trostmarkt,
den die Kirche begrenzt, ihre fertig gekaufte:
reinlich und zu und enttäuscht wie ein Postamt am Sonntag.
Draußen aber kräuseln sich immer die Ränder von
Jahrmarkt.
Schaukeln der Freiheit! Taucher und Gaukler des Eifers!

Und des behübschten Glücks figürliche Schießstatt,
wo es zappelt von Ziel und sich blechern benimmt,
wenn ein Geschickterer trifft. Von Beifall zu Zufall
taumelt er weiter; denn Buden jeglicher Neugier
werben, trommeln und plärrn. Für Erwachsene aber
ist noch besonders zu sehn, wie das Geld sich vermehrt,
anatomisch,
nicht zur Belustigung nur: der Geschlechtsteil des Gelds,
alles, das Ganze, der Vorgang –, das unterrichtet und macht
fruchtbar . . . .
. . . . Oh aber gleich darüber hinaus,
hinter der letzten Planke, beklebt mit Plakaten des ›Todlos‹,
jenes bitteren Biers, das den Trinkenden süß scheint,
wenn sie immer dazu frische Zerstreuungen kaun . . . ,
gleich im Rücken der Planke, gleich dahinter, ists *wirklich*.
Kinder spielen, und Liebende halten einander, – abseits,
ernst, im ärmlichen Gras, und Hunde haben Natur.
Weiter noch zieht es den Jüngling; vielleicht, daß er eine junge
Klage liebt . . . . . Hinter ihr her kommt er in Wiesen. Sie sagt:
– Weit. Wir wohnen dort draußen . . . . Wo? Und der Jüngling
folgt. Ihn rührt ihre Haltung. Die Schulter, der Hals –,
vielleicht
ist sie von herrlicher Herkunft. Aber er läßt sie, kehrt um,
wendet sich, winkt . . . Was solls? Sie ist eine Klage.

Nur die jungen Toten, im ersten Zustand
zeitlosen Gleichmuts, dem der Entwöhnung,
folgen ihr liebend. Mädchen
wartet sie ab und befreundet sie. Zeigt ihnen leise,
was sie an sich hat. Perlen des Leids und die feinen

Schleier der Duldung. – Mit Jünglingen geht sie
schweigend.

Aber dort, wo sie wohnen, im Tal, der Älteren eine, der Klagen,
nimmt sich des Jünglings an, wenn er fragt: – Wir waren,
sagt sie, ein Großes Geschlecht, einmal, wir Klagen. Die Väter
trieben den Bergbau dort in dem großen Gebirg; bei Menschen
findest du manchmal ein Stück geschliffenes Ur-Leid
oder, aus altem Vulkan, schlackig versteinerten Zorn.
Ja, das stammte von dort. Einst waren wir reich. –

Und sie leitet ihn leicht durch die weite Landschaft der Klagen,
zeigt ihm die Säulen der Tempel oder die Trümmer
jener Burgen, von wo Klage-Fürsten das Land
einstens weise beherrscht. Zeigt ihm die hohen
Tränenbäume und Felder blühender Wehmut,
(Lebendige kennen sie nur als sanftes Blattwerk);
zeigt ihm die Tiere der Trauer, weidend, – und manchmal
schreckt ein Vogel und zieht, flach ihnen fliegend durchs Aufschaun,
weithin das schriftliche Bild seines vereinsamten Schreis. –
Abends führt sie ihn hin zu den Gräbern der Alten
aus dem Klage-Geschlecht, den Sibyllen und Warn-Herrn.
Naht aber Nacht, so wandeln sie leiser, und bald
mondets empor, das über Alles
wachende Grab-Mal. Brüderlich jenem am Nil,
der erhabene Sphinx –: der verschwiegenen Kammer
Antlitz.

Und sie staunen dem krönlichen Haupt, das für immer,
schweigend, der Menschen Gesicht
auf die Waage der Sterne gelegt.

Nicht erfaßt es sein Blick, im Frühtod
schwindelnd. Aber ihr Schaun,
hinter dem Pschent-Rand hervor, scheucht es die Eule.
Und sie,
streifend im langsamen Abstrich die Wange entlang,
jene der reifesten Rundung,
zeichnet weich in das neue
Totengehör, über ein doppelt
aufgeschlagenes Blatt, den unbeschreiblichen Umriß.

Und höher, die Sterne. Neue. Die Sterne des Leidlands.
Langsam nennt sie die Klage: – Hier,
siehe: den *Reiter*, den *Stab*, und das vollere Sternbild
nennen sie: *Fruchtkranz*. Dann, weiter, dem Pol zu:
Wiege; Weg; Das Brennende Buch; Puppe, Fenster.
Aber im südlichen Himmel, rein wie im Innern
einer gesegneten Hand, das klar erglänzende ›*M*‹,
das die Mütter bedeutet . . . . . . –

Doch der Tote muß fort, und schweigend bringt ihn die
ältere
Klage bis an die Talschlucht,
wo es schimmert im Mondschein:
die Quelle der Freude. In Ehrfurcht
nennt sie sie, sagt: – Bei den Menschen
ist sie ein tragender Strom. –

Stehn am Fuß des Gebirgs.
Und da umarmt sie ihn, weinend.

Einsam steigt er dahin, in die Berge des Ur-Leids.
Und nicht einmal sein Schritt klingt aus dem tonlosen Los.

Aber erweckten sie uns, die unendlich Toten, ein Gleichnis,
siehe, sie zeigten vielleicht auf die Kätzchen der leeren
Hasel, die hängenden, oder
meinten den Regen, der fällt auf dunkles Erdreich im
Frühjahr. –

Und wir, die an *steigendes* Glück
denken, empfänden die Rührung,
die uns beinah bestürzt,
wenn ein Glückliches *fällt*.

1912

Heil dem Geist, der uns verbinden mag;
denn wir leben wahrhaft in Figuren.
Und mit kleinen Schritten gehn die Uhren
neben unserm eigentlichen Tag.

Ohne unsern wahren Platz zu kennen,
handeln wir aus wirklichem Bezug.
Die Antennen fühlen die Antennen,
und die leere Ferne trug . . .

Reine Spannung. O Musik der Kräfte!
Ist nicht durch die läßlichen Geschäfte
jede Störung von dir abgelenkt?

Selbst wenn sich der Bauer sorgt und handelt,
wo die Saat in Sommer sich verwandelt,
reicht er niemals hin. Die Erde *schenkt*.

1922

Hörst du das Neue, Herr,
dröhnen und beben?
Kommen Verkündiger,
die es erheben.

Zwar ist kein Hören heil
in dem Durchtobtsein,
doch der Maschinenteil
will jetzt gelobt sein.

Sieh, die Maschine:
wie sie sich wälzt und rächt
und uns entstellt und schwächt.

Hat sie aus uns auch Kraft,
sie, ohne Leidenschaft,
treibe und diene.

1922

Alles Erworbne bedroht die Maschine, solange
sie sich erdreistet, im Geist, statt im Gehorchen, zu sein.
Daß nicht der herrlichen Hand schöneres Zögern mehr
prange,
zu dem entschlossenern Bau schneidet sie steifer den Stein.

Nirgends bleibt sie zurück, daß wir ihr *ein* Mal entrönnen
und sie in stiller Fabrik ölend sich selber gehört.
Sie ist das Leben, – sie meint es am besten zu können,
die mit dem gleichen Entschluß ordnet und schafft und
zerstört.

Aber noch ist uns das Dasein verzaubert; an hundert
Stellen ist es noch Ursprung. Ein Spielen von reinen
Kräften, die keiner berührt, der nicht kniet und bewundert.

Worte gehen noch zart am Unsäglichen aus . . .
Und die Musik, immer neu, aus den bebendsten Steinen,
baut im unbrauchbaren Raum ihr vergöttlichtes Haus.

1922

Wir gehen um mit Blume, Weinblatt, Frucht.
Sie sprechen nicht die Sprache nur des Jahres.
Aus Dunkel steigt ein buntes Offenbares
und hat vielleicht den Glanz der Eifersucht

der Toten an sich, die die Erde stärken.
Was wissen wir von ihrem Teil an dem?
Es ist seit lange ihre Art, den Lehm
mit ihrem freien Marke zu durchmärken.

Nun fragt sich nur: tun sie es gern? . . .
Drängt diese Frucht, ein Werk von schweren Sklaven,
geballt zu uns empor, zu ihren Herrn?

Sind *sie* die Herrn, die bei den Wurzeln schlafen,
und gönnen uns aus ihren Überflüssen
dies Zwischending aus stummer Kraft und Küssen?

1922

KEINEN ANLASS ZUR FREUDE VERSÄUMEN

Ich denke immer, wenn Du in Dich hineinhörst, müßten noch die Glocken vernehmlich sein, die Papa im spannendsten Augenblick auf so festliche ankündende Art zu läuten wußte. Ich glaube, alle Freuden meines Lebens haben *diese* Stimme gehabt, so wie alle, zu welcher Zeit des Jahres, sie mich auch treffen mochten, an Weihnachten denken ließen: so sehr ist jene Erfüllung, jene Reihe von Erfüllungen, die ich einst unter dem strahlenden Christbaum vorfand, atemlos, mit bis in den Hals klopfendem Herzen, maßgebend geblieben für alle Beschenkungen, später, des Lebens! [. . .] Wenn mein Dasein später, unter dem furchtbaren Druck der Militärschule, gewissermaßen in meine eigenen, oft so schwachen und ratlosen Hände überging –, damals, zur Zeit jener Weihnachten, hielt ich es noch nicht, gab es Euch aber, Dir und Papa, manchmal zu halten, und es ist sicher bestimmend für mich geworden, daß Ihr fähig und entschlossen wart, es dann unter dem Schutze und Glanze dieses Festes so hoch als möglich in den Jubel hinaufzuheben, in jenen Jubel, der mir die Engel geschenkt hat, deren Bewußtsein, weit entfernt mir verloren zu gehen, auf allen Stufen des Lebens mit mir gewachsen ist!

An die Mutter, vor Weihnachten 1925

Es winkt zu Fühlung fast aus allen Dingen,
aus jeder Wendung weht es her: Gedenk!
Ein Tag, an dem wir fremd vorübergingen,
entschließt im künftigen sich zum Geschenk.

Wer rechnet unseren Ertrag? Wer trennt
uns von den alten, den vergangnen Jahren?
Was haben wir seit Anbeginn erfahren,
als daß sich eins im anderen erkennt?

Als daß an uns Gleichgültiges erwarmt?
O Haus, o Wiesenhang, o Abendlicht,
auf einmal bringst du's beinah zum Gesicht
und stehst an uns, umarmend und umarmt.

Durch alle Wesen reicht der *eine* Raum:
Weltinnenraum. Die Vögel fliegen still
durch uns hindurch. O, der ich wachsen will,
ich seh hinaus, und *in* mir wächst der Baum.

Ich sorge mich, und in mir steht das Haus.
Ich hüte mich, und in mir ist die Hut.
Geliebter, der ich wurde: an mir ruht
der schönen Schöpfung Bild und weint sich aus.

1914

Wir *sind* ja. Doch kaum anders als den Lämmern
gehn uns die Tage hin mit Flucht und Schein;
auch uns verlangt, sooft die Wiesen dämmern,
zurückzugehn. Doch treibt uns keiner ein.

Wir bleiben draußen Tag und Nacht und Tag.
Die Sonne tut uns wohl, uns schreckt der Regen;
wir dürfen aufstehn und uns niederlegen
und etwas mutig sein und etwas zag.

Nur manchmal, während wir so schmerzhaft reifen,
daß wir an diesem beinah sterben, dann:
formt sich aus allem, was wir nicht begreifen,
ein Angesicht und sieht uns strahlend an.

1906

DAS KARUSSELL

Jardin du Luxembourg

Mit einem Dach und seinem Schatten dreht
sich eine kleine Weile der Bestand
von bunten Pferden, alle aus dem Land,
das lange zögert, eh es untergeht.
Zwar manche sind an Wagen angespannt,
doch alle haben Mut in ihren Mienen;
ein böser roter Löwe geht mit ihnen
und dann und wann ein weißer Elefant.

Sogar ein Hirsch ist da, ganz wie im Wald,
nur daß er einen Sattel trägt und drüber
ein kleines blaues Mädchen aufgeschnallt.

Und auf dem Löwen reitet weiß ein Junge
und hält sich mit der kleinen heißen Hand,
dieweil der Löwe Zähne zeigt und Zunge.

Und dann und wann ein weißer Elefant.

Und auf den Pferden kommen sie vorüber,
auch Mädchen, helle, diesem Pferdesprunge
fast schon entwachsen; mitten in dem Schwunge
schauen sie auf, irgendwohin, herüber –

Und dann und wann ein weißer Elefant.

Und das geht hin und eilt sich, daß es endet,
und kreist und dreht sich nur und hat kein Ziel.
Ein Rot, ein Grün, ein Grau vorbeigesendet,
ein kleines kaum begonnenes Profil –.
Und manchesmal ein Lächeln, hergewendet,
ein seliges, das blendet und verschwendet
an dieses atemlose blinde Spiel . . .

1906

VORFRÜHLING

Härte schwand. Auf einmal legt sich Schonung
an der Wiesen aufgedecktes Grau.
Kleine Wasser ändern die Betonung.
Zärtlichkeiten, ungenau,

greifen nach der Erde aus dem Raum.
Wege gehen weit ins Land und zeigens.
Unvermutet siehst du seines Steigens
Ausdruck in dem leeren Baum.

1924

Frühling ist wiedergekommen. Die Erde
ist wie ein Kind, das Gedichte weiß;
viele, o viele . . . . Für die Beschwerde
langen Lernens bekommt sie den Preis.

Streng war ihr Lehrer. Wir mochten das Weiße
an dem Barte des alten Manns.
Nun, wie das Grüne, das Blaue heiße,
dürfen wir fragen: sie kanns, sie kanns!

Erde, die frei hat, du glückliche, spiele
nun mit den Kindern. Wir wollen dich fangen,
fröhliche Erde. Dem Frohsten gelingts.

O, was der Lehrer sie lehrte, das Viele,
und was gedruckt steht in Wurzeln und langen
schwierigen Stämmen: sie singts, sie singts!

1922

DER APFELGARTEN

Borgeby-Gård

Komm gleich nach dem Sonnenuntergange,
sieh das Abendgrün des Rasengrunds;
ist es nicht, als hätten wir es lange
angesammelt und erspart in uns,

um es jetzt aus Fühlen und Erinnern,
neuer Hoffnung, halbvergeßnem Freun,
noch vermischt mit Dunkel aus dem Innern,
in Gedanken vor uns hinzustreun

unter Bäume wie von Dürer, die
das Gewicht von hundert Arbeitstagen
in den überfüllten Früchten tragen,
dienend, voll Geduld, versuchend, wie

das, was alle Maße übersteigt,
noch zu heben ist und hinzugeben,
wenn man willig, durch ein langes Leben
nur das Eine will und wächst und schweigt.

1907

BLAUE HORTENSIE

So wie das letzte Grün in Farbentiegeln
sind diese Blätter, trocken, stumpf und rauh,
hinter den Blütendolden, die ein Blau
nicht auf sich tragen, nur von ferne spiegeln.

Sie spiegeln es verweint und ungenau,
als wollten sie es wiederum verlieren,
und wie in alten blauen Briefpapieren
ist Gelb in ihnen, Violett und Grau;

Verwaschnes wie an einer Kinderschürze,
Nichtmehrgetragnes, dem nichts mehr geschieht:
wie fühlt man eines kleinen Lebens Kürze.

Doch plötzlich scheint das Blau sich zu verneuen
in einer von den Dolden, und man sieht
ein rührend Blaues sich vor Grünem freuen.

1906

DAS ROSEN-INNERE

Wo ist zu diesem Innen
ein Außen? Auf welches Weh
legt man solches Linnen?
Welche Himmel spiegeln sich drinnen
in dem Binnensee
dieser offenen Rosen,
dieser sorglosen, sieh:
wie sie lose im Losen
liegen, als könnte nie
eine zitternde Hand sie verschütten.
Sie können sich selber kaum
halten; viele ließen
sich überfüllen und fließen
über von Innenraum
in die Tage, die immer
voller und voller sich schließen,
bis der ganze Sommer ein Zimmer
wird, ein Zimmer in einem Traum.

1907

Vom Wegrand ruht der Blick der blauen Rade
auf deinem aufgeschlagenen Vertraun;
in ihrem Sterne sammelt sich die Gnade
und sehnt sich blau in ein Gesicht zu schaun.
O Einfachheit der einstigen Gebreite,
Kartoffelacker, Kleefeld, schmaler Rain,
die Apfelbäume tragen dir zur Seite,
am nächsten Hang erwartet dich die Weite
und alles weilt und will beisammen sein.

1910

Schau, wie die Zypressen schwärzer werden
in den Wiesengründen, und auf wen
in den unbetretbaren Alleen
die Gestalten mit den Steingebärden
weiterwarten, die uns übersehn.

Solchen stillen Bildern will ich gleichen
und gelassen aus den Rosen reichen,
welche wiederkommen und vergehn;
immerzu wie einer von den Teichen
dunkle Spiegel immergrüner Eichen
in mir halten, und die großen Zeichen
ungezählter Nächte näher sehn.

1898

DIE GAZELLE

Gazella Dorcas

Verzauberte: wie kann der Einklang zweier
erwählter Worte je den Reim erreichen,
der in dir kommt und geht, wie auf ein Zeichen.
Aus deiner Stirne steigen Laub und Leier,

und alles Deine geht schon im Vergleich
durch Liebeslieder, deren Worte, weich
wie Rosenblätter, dem, der nicht mehr liest,
sich auf die Augen legen, die er schließt:

um dich zu sehen: hingetragen, als
wäre mit Sprüngen jeder Lauf geladen
und schösse nur nicht ab, solang der Hals

das Haupt ins Horchen hält: wie wenn beim Baden
im Wald die Badende sich unterbricht:
den Waldsee im gewendeten Gesicht.

1907

LEDA

Als ihn der Gott in seiner Not betrat,
erschrak er fast, den Schwan so schön zu finden;
er ließ sich ganz verwirrt in ihm verschwinden.
Schon aber trug ihn sein Betrug zur Tat,

bevor er noch des unerprobten Seins
Gefühle prüfte. Und die Aufgetane
erkannte schon den Kommenden im Schwane
und wußte schon: er bat um Eins,

das sie, verwirrt in ihrem Widerstand,
nicht mehr verbergen konnte. Er kam nieder
und halsend durch die immer schwächre Hand

ließ sich der Gott in die Geliebte los.
Dann erst empfand er glücklich sein Gefieder
und wurde wirklich Schwan in ihrem Schoß.

1907

Ein junges Mädchen: das ist wie ein Stern:
die ganze Erde dunkelt ihm entgegen
und ist ihm aufgetan wie einem Regen,
und niemals trank sie einen seligern.

Ein junges Mädchen: das ist wie ein Schatz,
vergraben neben einer alten Linde;
da sollen Ringe sein und Goldgewinde,
doch keiner ist erwählt, daß er sie finde:
nur eine Sage geht und sagt den Platz.

Ein junges Mädchen: daß wir's niemals sind.
So wenig hat das Sein zu uns Vertrauen.
Am Anfang scheinen wir fast gleich, als Kind,
und später sind wir manchmal beinah Frauen
für einen Augenblick; doch wie verrinnt
das fern von uns, was Mädchen sind und schauen.

Mädchen gewesen sein: daß es das giebt.
Als sagte Eine: einmal war ich dies
und zeigte dir ein Halsband von Türkis
auf welkem Sammte; und man sieht noch, wie's
getragen war, verloren und geliebt.

1907

OPFER

O wie blüht mein Leib aus jeder Ader
duftender, seitdem ich dich erkenn;
sieh, ich gehe schlanker und gerader,
und du wartest nur –: wer bist du denn?

Sieh: ich fühle, wie ich mich entferne,
wie ich Altes, Blatt um Blatt, verlier.
Nur dein Lächeln steht wie lauter Sterne
über dir und bald auch über mir.

Alles was durch meine Kinderjahre
namenlos noch und wie Wasser glänzt,
will ich nach dir nennen am Altare,
der entzündet ist von deinem Haare
und mit deinen Brüsten leicht bekränzt.

1905/1906

LIEBES-LIED

Wie soll ich meine Seele halten, daß
sie nicht an deine rührt? Wie soll ich sie
hinheben über dich zu andern Dingen?
Ach gerne möcht ich sie bei irgendwas
Verlorenem im Dunkel unterbringen
an einer fremden stillen Stelle, die
nicht weiterschwingt, wenn deine Tiefen schwingen.
Doch alles, was uns anrührt, dich und mich,
nimmt uns zusammen wie ein Bogenstrich,
der aus zwei Saiten *eine* Stimme zieht.
Auf welches Instrument sind wir gespannt?
Und welcher Geiger hat uns in der Hand?
O süßes Lied.

1907

Schwindende, du kennst die Türme nicht.
Doch nun sollst du einen Turm gewahren
mit dem wunderbaren
Raum in dir. Verschließ dein Angesicht.
Aufgerichtet hast du ihn
ahnungslos mit Blick und Wink und Wendung.
Plötzlich starrt er von Vollendung,
und ich, Seliger, darf ihn beziehn.
Ach wie bin ich eng darin.
Schmeichle mir, zur Kuppel auszutreten:
um in deine weichen Nächte hin
mit dem Schwung schoßblendender Raketen
mehr Gefühl zu schleudern, als ich bin.

1915

Wie rief ich dich. Das sind die stummen Rufe,
die in mir süß geworden sind.
Nun stoß ich in dich Stufe ein um Stufe
und heiter steigt mein Samen wie ein Kind.
Du Urgebirg der Lust: auf einmal springt
er atemlos zu deinem innern Grate.
O gieb dich hin, zu fühlen wie er nahte;
denn du wirst stürzen, wenn er oben winkt.

1915

DIE SIEBENTE ELEGIE

Werbung nicht mehr, nicht Werbung, entwachsene Stimme,
sei deines Schreies Natur; zwar schrieest du rein wie der
Vogel,
wenn ihn die Jahreszeit aufhebt, die steigende, beinah
vergessend,
daß er ein kümmerndes Tier und nicht nur ein einzelnes
Herz sei,
das sie ins Heitere wirft, in die innigen Himmel. Wie er, so
würbest du wohl, nicht minder –, daß, noch unsichtbar,
dich die Freundin erführ, die stille, in der eine Antwort
langsam erwacht und über dem Hören sich anwärmt, –
deinem erkühnten Gefühl die erglühte Gefühlin.

O und der Frühling begriffe –, das ist keine Stelle,
die nicht trüge den Ton der Verkündigung. Erst jenen kleinen
fragenden Auflaut, den, mit steigernder Stille,
weithin umschweigt ein reiner bejahender Tag.
Dann die Stufen hinan, Ruf-Stufen hinan, zum geträumten
Tempel der Zukunft –; dann den Triller, Fontäne,
die zu dem drängenden Strahl schon das Fallen zuvornimmt
im versprechlichen Spiel . . . . Und vor sich, den Sommer.

Nicht nur die Morgen alle des Sommers –, nicht nur
wie sie sich wandeln in Tag und strahlen vor Anfang.
Nicht nur die Tage, die zart sind um Blumen, und oben,
um die gestalteten Bäume, stark und gewaltig.
Nicht nur die Andacht dieser entfalteten Kräfte,

nicht nur die Wege, nicht nur die Wiesen im Abend,
nicht nur, nach spätem Gewitter, das atmende Klarsein,
nicht nur der nahende Schlaf und ein Ahnen, abends . . .
sondern die Nächte! Sondern die hohen, des Sommers,
Nächte, sondern die Sterne, die Sterne der Erde.
O einst tot sein und sie wissen unendlich,
alle die Sterne: denn wie, wie, wie sie vergessen!

Siehe, da rief ich die Liebende. Aber nicht *sie* nur
käme . . . Es kämen aus schwächlichen Gräbern
Mädchen und ständen . . . Denn, wie beschränk ich,
wie, den gerufenen Ruf? Die Versunkenen suchen
immer noch Erde. – Ihr Kinder, ein hiesig
einmal ergriffenes Ding gälte für viele.
Glaubt nicht, Schicksal sei mehr, als das Dichte der Kindheit;
wie überholtet ihr oft den Geliebten, atmend,
atmend nach seligem Lauf, auf nichts zu, ins Freie.

Hiersein ist herrlich. Ihr wußtet es, Mädchen, *ihr* auch,
die ihr scheinbar entbehrtet, versankt –, ihr in den ärgsten
Gassen der Städte, Schwärende, oder dem Abfall
Offene. Denn eine Stunde war jeder, vielleicht nicht
ganz eine Stunde, ein mit den Maßen der Zeit kaum
Meßliches zwischen zwei Weilen –, da sie ein Dasein
hatte. Alles. Die Adern voll Dasein.
Nur, wir vergessen so leicht, was der lachende Nachbar
uns nicht bestätigt oder beneidet. Sichtbar
wollen wirs heben, wo doch das sichtbarste Glück uns
erst zu erkennen sich giebt, wenn wir es innen verwandeln.

Nirgends, Geliebte, wird Welt sein, als innen. Unser
Leben geht hin mit Verwandlung. Und immer geringer
schwindet das Außen. Wo einmal ein dauerndes Haus war,
schlägt sich erdachtes Gebild vor, quer, zu Erdenklichem
völlig gehörig, als ständ es noch ganz im Gehirne.
Weite Speicher der Kraft schafft sich der Zeitgeist, gestaltlos
wie der spannende Drang, den er aus allem gewinnt.
Tempel kennt er nicht mehr. Diese, des Herzens,
Verschwendung
sparen wir heimlicher ein. Ja, wo noch eins übersteht,
ein einst gebetetes Ding, ein gedientes, geknietes –,
hält es sich, so wie es ist, schon ins Unsichtbare hin.
Viele gewahrens nicht mehr, doch ohne den Vorteil,
daß sie's nun *innerlich* baun, mit Pfeilern und Statuen,
größer!

Jede dumpfe Umkehr der Welt hat solche Enterbte,
denen das Frühere nicht und noch nicht das Nächste gehört.
Denn auch das Nächste ist weit für die Menschen. *Uns* soll
dies nicht verwirren; es stärke in uns die Bewahrung
der noch erkannten Gestalt. – Dies *stand* einmal unter
Menschen,
mitten im Schicksal stands, im vernichtenden, mitten
im Nichtwissen-Wohin stand es, wie seiend, und bog
Sterne zu sich aus gesicherten Himmeln. Engel,
dir noch zeig ich es, *da*! in deinem Anschaun
steh es gerettet zuletzt, nun endlich aufrecht.
Säulen, Pylone, der Sphinx, das strebende Stemmen,
grau aus vergehender Stadt oder aus fremder, des Doms.

War es nicht Wunder? O staune, Engel, denn *wir* sinds,
wir, o du Großer, erzähls, daß wir solches vermochten,
mein Atem
reicht für die Rühmung nicht aus. So haben wir dennoch
nicht die Räume versäumt, diese gewährenden, diese
unseren Räume. (Was müssen sie fürchterlich groß sein,
da sie Jahrtausende nicht unseres Fühlns überfülln.)
Aber ein Turm war groß, nicht wahr? O Engel, er war es, –
groß, auch noch neben dir? Chartres war groß –, und Musik
reichte noch weiter hinan und überstieg uns. Doch selbst nur
eine Liebende –, oh, allein am nächtlichen Fenster . . . .
reichte sie dir nicht ans Knie –? Glaub *nicht*, daß ich werbe.
Engel, und würb ich dich auch! Du kommst nicht. Denn
mein
Anruf ist immer voll Hinweg; wider so starke
Strömung kannst du nicht schreiten. Wie ein gestreckter
Arm ist mein Rufen. Und seine zum Greifen
oben offene Hand bleibt vor dir
offen, wie Abwehr und Warnung,
Unfaßlicher, weitauf.

1922

Es ist ganz stille. Aufrecht steht der Duft
vergangner Farben in den welken Wegen.
Die Himmel halten einen langen Regen
die Blätter gehn auf Stufen durch die Luft

1905

Wandelt sich rasch auch die Welt
wie Wolkengestalten,
alles Vollendete fällt
heim zum Uralten.

Über dem Wandel und Gang,
weiter und freier,
währt noch ein Vor-Gesang,
Gott mit der Leier.

Nicht sind die Leiden erkannt,
nicht ist die Liebe gelernt,
und was im Tod uns entfernt,

ist nicht entschleiert.
Einzig das Lied überm Land
heiligt und feiert.

1922

Wolle die Wandlung. O sei für die Flamme begeistert,
drin sich ein Ding dir entzieht, das mit Verwandlungen
prunkt;
jener entwerfende Geist, welcher das Irdische meistert,
liebt in dem Schwung der Figur nichts wie den wendenden
Punkt.

Was sich ins Bleiben verschließt, schon *ists* das Erstarrte;
wähnt es sich sicher im Schutz des unscheinbaren Grau's?
Warte, ein Härtestes warnt aus der Ferne das Harte.
Wehe –: abwesender Hammer holt aus!

Wer sich als Quelle ergießt, den erkennt die Erkennung;
und sie führt ihn entzückt durch das heiter Geschaffne,
das mit Anfang oft schließt und mit Ende beginnt.

Jeder glückliche Raum ist Kind oder Enkel von Trennung,
den sie staunend durchgehn. Und die verwandelte Daphne
will, seit sie lorbeern fühlt, daß du dich wandelst in Wind.

1922

Empfange nun von manchem Zweig ein Winken,
als sei's ein Grüßen oder Wiedersehn;
und, wie die Schalen, draus die Vögel trinken,
laß selbst den Regen spiegelnd in dir stehn.

Nichts geht verloren, alles giebt sich weiter.
Wer es im Innersten begreift der steigt,
und oben ist das Ende seiner Leiter
ans Gleichgesinnte sicher angeneigt.

1924

Was sich uns reicht mit dem Sternenlicht,
was sich uns reicht,
faß es wie Welt in dein Angesicht,
nimm es nicht leicht.

Zeige der Nacht, daß du still empfingst,
was sie gebracht.
Erst wenn du ganz zu ihr übergingst,
kennt dich die Nacht.

1924

Die Vogelrufe fangen an zu rühmen.
Und sind im Recht. Wir hören lange hin.
(Wir hinter Masken, ach, und in Kostümen!)
Was rufen sie? ein wenig Eigensinn,

ein wenig Wehmut und sehr viel Versprechen,
das an der halbverschlossnen Zukunft feilt.
Und zwischendurch in unserm Horchen heilt
das schöne Schweigen, das sie brechen.

1926

ZU DIESER AUSGABE

Die vorliegende schmale Auswahl von Gedichten Rainer Maria Rilkes steht unter dem Motto: »Leben, arbeiten, Geduld haben und keinen Anlaß zur Freude versäumen.« Rilke war noch nicht ganz 30 Jahre alt, als er diesen Satz – der sich fast wie ein Anti-Streß-Programm liest – an Arthur Holitscher schrieb. Der österreichische Schriftsteller (und einer von Rilkes schärfsten Kritikern) wurde zum Adressaten einer bekenntnishaften Selbstreflexion. Mehr für sich selbst als für den Freund zog Rilke eine erste Lebensbilanz: »Und da ist mein Leben. Ein wenig als Sekretär Rodins, sehr verwerfliche französische Briefe schreibend, vor allem aber bei seinen erwachsenen Dingen und in seiner großen heiteren Freundschaft dieses lernend, langsam lernend: leben, Geduld haben, arbeiten und keinen Anlaß zur Freude versäumen. Denn dieser Weise und Große weiß es, die Freude zu finden, Freund; eine Freude so namenlos wie jene, deren man sich aus der Kindheit erinnert, und doch von dem tiefen Anlaß voll bis an den Rand; die kleinsten Dinge kommen zu ihm und tun sich ihm auf; eine Kastanie, die wir finden, ein Stein, eine Muschel im Kies, alles spricht, als ob es in Wüsten gewesen wäre und nachgedacht und gefastet hätte. Und wir haben fast nichts zu tun als zu hören; denn die Arbeit selbst kommt aus diesem Hören, man muß sie herausheben mit beiden Armen, denn sie ist schwer.«

Was hier noch in erster Linie wie eine Beschreibung des großen, vorbildhaften »Meisters« wirkt, Beschreibung einer Haltung, die von ihm selbst erst gelernt sein will, hat Rilke zunehmend verinnerlicht und zur eigenen Lebensmaxime werden lassen. Wie tragfähig diese war – und wie wenig sie als Pose zu denken ist –, dies unter Beweis stellen zu müssen, hat sein Schicksal ihm nicht erspart: »Ob ich gleich Zeiten unbeschreiblicher Bedrückung und Hemmung durchwarte«, schreibt er, bereits schwer krank, am 9. Februar 1926 – übrigens zugleich mit einer der glänzendsten Analysen von Paul Valérys Dichtung – an die Verlegerin und Freundin Katharina Kippenberg, »ich habe die Ehrfurcht vor dem uns undurchdringlichen Geschehen nie so weit verloren, daß ich nicht das sich ergebende Gefühl einer Besserung mit meiner ganzen Beweglichkeit und Freudigkeit auszunutzen mich bereit fände.« Und er faßt seine geduldige Zustimmung zu einem – wie er noch immer hoffte, nur vorübergehend – eingeschränkten Leben im Bild von einem »Baum-Winter« zusammen – »vielleicht lern ich ›treiben‹ auf der Stelle«.

Zwischen seinem wehmütigen Aufrufen der Kindheit, in der »uns nichts geschah als nur / was einem Ding geschieht und einem Tiere« (1906), und dem Vorwurf von 1926, daß wir der selbstvergessenen Heiterkeit der Erde nicht ebenbürtig begegnen – »Wir hinter Masken, ach, und in Kostümen!« –, vergingen 20 Jahre, 20 Jahre, in denen Rilke seine Vorstellung davon, wie man zu leben habe, immer weiter in Richtung einer geduldigen und freudigen »Zustimmung« zu allem, was geschieht, vervollkommnet hat. Die Bejahung des Lebens schloß auch das Ende des Lebens ein, den Tod und das Leiden.

Geduld, Freudigkeit und Arbeit als Konstanten eines Lebensprogramms also, das sich auch gegenüber allem »Schweren« bewähren sollte. Es wurde darüber hinaus zur Voraussetzung seiner, wie er sie selbst nannte, »erwachsenen« Dichtung – erst diese akzeptierte er als eine vollkommene, gültige Leistung. Oberflächlichkeit, »ein billiges À peu près« und Stimmungsmäßiges hatte er, auch dies nicht zuletzt unter Auguste Rodins Einfluß, bewußt überwunden, genaues und gründliches Erkennen, wahres Benennen, verbunden mit einer Bereitschaft zum Staunen, ja zum »Entzücken an einer Frucht, am Wind, am Hingehen über Gras« (An M. Zwetajewa, 17. Mai 1926), kennzeichnen seine reife Lyrik, eine Dichtung, die »rühmen« will. Sie hat die Zeiten überdauert, ihre herausragende Qualität ist schon früh erkannt worden: Rilke hat »das deutsche Gedicht zum erstenmal vollkommen gemacht«, schrieb Robert Musil am 17. Januar 1927, wenige Tage nach Rilkes Tod.

Daß Rilkes zunehmend auf die Bereitschaft zur »Freude« gestellte Dichtung alles andere als eine Dichtung würde sein können, die die Bedrohungen dieser Welt ausspart, zeigten schon seine frühen Gedichte: »Der Dichter in Dir dichtet aus des Lebens Ängsten«, hatte die um vierzehn Jahre ältere Lou Andreas-Salomé dem 28jährigen geschrieben. Mit den *Aufzeichnungen des Malte Laurids Brigge* (1910) schrieb Rilke sich frei von dem überstarken Gefühl, diese Ängste machten wirkliches Leben unmöglich. Mit seinen *Duineser Elegien* (1922) schließlich wird er dem selbstgestellten Anspruch an eine neue Haltung zum Leben gerecht: sie bejahen das Leben, endgültig, mit allen seinen verschiedenen Seiten.

Die Auswahl folgt Rilkes für sein Leben und für sein Werk gleichermaßen wesentlichen Leitworten: Leben, arbeiten, Geduld haben, keinen Anlaß zur Freude versäumen. Und sie bietet Gedichte aus allen Schaffensphasen zu diesen an. Was als »Konstante« des Dichters erscheint, wird dabei um so deutlicher: Nicht ein Nach- oder Nebeneinander dieser einzeln herausgehobenen Haltungen ist gemeint, sondern *eine* zentrale Haltung. Mit ihr »gilt es, alles Hiesige nicht nur nicht schlecht zu machen und herabzusetzen, sondern gerade, um seiner Vorläufigkeit willen, die es mit uns teilt, sollen diese Erscheinungen und Dinge von uns in einem innigsten Verstande begriffen und verwandelt werden«. »Wir sind«, schreibt er an seinen polnischen Übersetzer Witold Hulewicz am 13. November 1925, »Verwandler der Erde, unser ganzes Dasein, die Flüge und Stürze unserer Liebe, alles befähigt uns zu dieser Aufgabe (neben der keine andere, wesentlich, besteht).«

Vera Hauschild

TEXTNACHWEIS

insel taschenbuch 2672: Rilke für Gestreßte. Die Ausgabe ist textidentisch mit dem insel taschenbuch 2191: Rilke für Gestreßte. Ausgewählt von Vera Hauschild. © Insel Verlag Frankfurt am Main und Leipzig, 1998.

›Die Gedichte‹ folgen der Ausgabe: *Rainer Maria Rilke: Werke*. Kommentierte Ausgabe in vier Bänden. Hg. Manfred Engel, Ulrich Fülleborn, Horst Nalewski und August Stahl. Insel Verlag Frankfurt am Main und Leipzig, 1996.

›Briefe‹ werden zitiert nach der Ausgabe: *Rainer Maria Rilke: Briefe in zwei Bänden*. Hg. Horst Nalewski. Insel Verlag Frankfurt am Main und Leipzig, 1991.

INHALT

Leben

Geduld haben

Arbeiten

Keinen Anlaß zur Freude versäumen